KB062422

이별 후에 읽는 시

이별 후에 읽는 시

2016년 10월 12일 1판 1쇄 인쇄
2016년 10월 20일 1판 1쇄 발행

지은이_김선민 / 펴낸이_정영석 / 펴낸곳_**마인드북스**
주 소_서울시 관악구 국회단지15길 10, 102호
전 화_02-6414-5995 / 팩 스_02-6280-9390
홈페이지_http://www.mindbooks.co.kr
출판등록_제2015-000032호
ⓒ 김선민, 2016

ISBN 978-89-97508-33-4 03810

* 이 책은 저작권법에 의해 보호를 받는 저작물이므로 무단전재와 복제를 금합니다.
* 책값은 뒤표지에 있습니다.
* 파본은 구입하신 서점에서 교환해 드립니다.

이 도서의 국립중앙도서관 출판예정도서목록(CIP)은 서지정보유통지원시스템 홈페이지(http://seoji.nl.go.kr)와 국가자료공동목록시스템(http://www.nl.go.kr/kolisnet)에서 이용하실 수 있습니다. (CIP제어번호: CIP2016024164)

이별 후에 읽는 시

김선민 지음

마인드북스

Contents

Prologue

천천히

더 천천히 가요

빨리 잊지 않아도

억지로 지우지 않아도 괜찮아요

생각나면 생각하고

아프면 아파하고

눈물이 차오르면

그냥 울어요

눈물과 추억

그리고 기억

모두 가지고

천천히 가도 괜찮아요

그렇게 천천히 가다보면

그렇게 살다보면

어느새

아픔 없는 그리움이 오겠죠

이별 하나

“
나 지금 아파
”

헤어질 이유가 있었던 걸까?

헤어질 시간이 되었던 걸까?

우리는 왜 헤어지게 된 걸까?

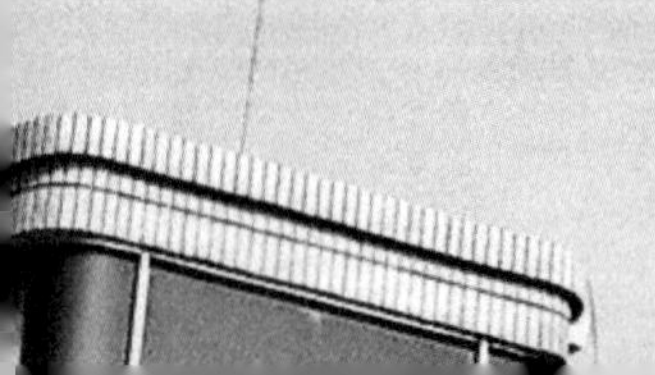

행복했던 기억만

추억하고 싶은데

아파했던 기억만

생각나는 오늘밤

걱정이야

니가 기억날까 봐

니가 잊혀질까 봐

고마워 나한테 와줘서

미안해 지키지 못해서

괜찮은 척
안 힘든 척

아 힘들다

그만하자

이 말이 제일 싫더라

나도

눈물이

많은 사람이었구나

날 미소짓게 만들던 너의 행동들

날 눈물짓게 만들던 너의 행동들

내 사랑은

왜 이렇게

아픔만 가득할까

니 이름만 생각해도

니 이름만 불러봐도

니 이름만 들려와도

왜 자꾸 슬프게 해

왜 자꾸 아프게 해

왜 자꾸 힘들게 해

널 믿었던

널 바라본

나는 뭐야

눈물은 멈췄는데

말이 없어졌어

E
8562
GHD

니가 떠난 슬픔

혼자 남은 슬픔

니가 먼저 좋아했는데

왜 내가 더 힘들지

니 소식을 듣고 나면

꼭 아프더라

우리

눈물날 정도로 행복했는데

이젠 그냥 눈물나

사랑도 이별도

날 아프게 하지 않아

날 아프게 한 건

바로 너야

어차피 이럴 거였으면

조금만 줄 걸

내 마음

내 사랑

내 전부

너 때문에

울게 될 줄은

몰랐어

"우리 그냥 편한 사이로 지내자"

안 보고

연락 안 하고

모른 척하는 게

편한 거니?

918

오늘은 두 분이

같이 안 오셨네요?

COFFEE

울고 싶을 때는 울어요

눈물은 사치가 아니니까

이별에 지쳐

눈물에 지쳐

아픔에 지쳐

이별의

아픔이

너무 크다

'잘 지내? 오랜만이야.'

진짜 연습 많이 했는데

아무 말도 못 하고 지나쳐 버렸네

차라리

안 보면 좋을 텐데

내 손이 닿을 만한 곳에

항상 있더라

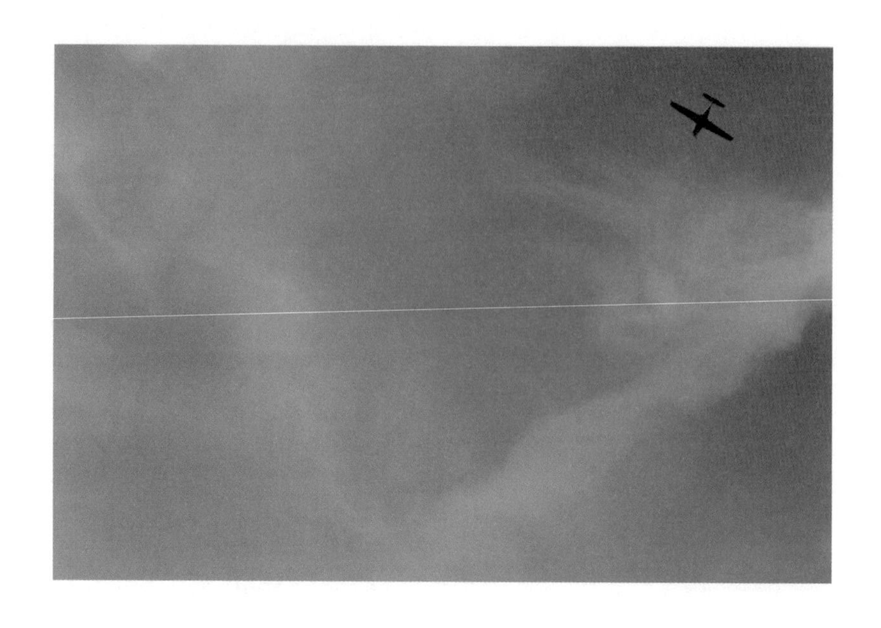

평생 함께하기로 해놓고

상처만 놓고 가버렸어

행복하지 마

내 눈물이

마를 때까지

가슴이 아파

심장이 계속 뛰어

눈물이 멈추지 않아

다리에 힘이 없어

니가

떠난 후

헤어져도 넌 여전하네

날 설레게 했던 미소

내가 더 잘할게

제발, 한 번만

사랑이 아니더라

너에게 애원하던 내 모습

너에게 사랑을 구걸하던 내 모습

내 눈을 바라보는 니가 좋았는데

내 눈을 바라볼까 고개를 숙인다

너를 지우면

그리움이 남아

너를 남기면

아픔이 남아

널 다시 만났을 때의 어색함

그리울 때의 아픔

어느 쪽이 더 힘들까?

이별 후에

이별 후회

니가 원하는 건

모두 해준 것 같다

이별까지

바쁘게 살다보면 다 잊힌다는데

아무것도 하기 싫다

사람들 모두

이별이 아플까?

사랑해도 아프고

이별해도 아프고

어제 꿈에서 너랑 행복했는데

눈 뜨니까 기억이 안 나

웃는 니 모습을 봤어

좋아보이더라

난 아직 웃음이 안 나오는데

이제

니 얼굴보다

니 뒷모습이

익숙해진다

이별 둘

“거짓말이었으면 좋겠어”

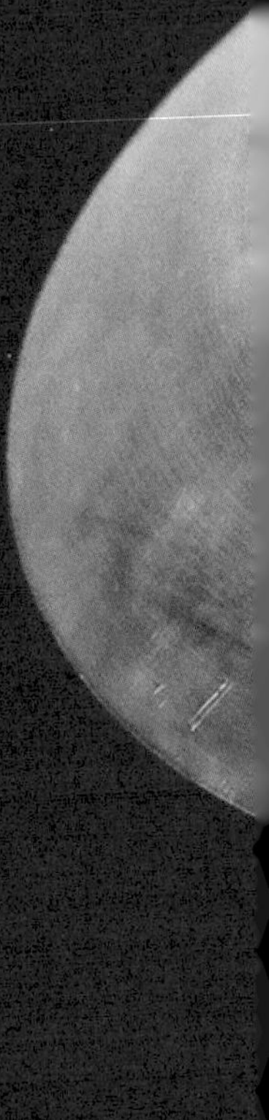

밤새 잊으려다

밤새 니 생각만

수많은 우리 추억

넌 기억이나 할까

돌아서서 가버리는

멀어지는 니 뒷모습

뭐가 좋다고 계속 봤을까

전부

거짓말이었으면

우리 같이 많이 다녔다고 생각했는데

아직 못 가본 곳이 너무 많더라

결국

남아있는 건

그리움뿐이네

그날 내가 담담했던 이유는

아직도 모르겠어

미친 듯이 매달리든

미친 듯이 울어보든

뭐라도 했어야 했나

그리움 속에 있는 것들

눈물 슬픔 원망 아픔 다시

너

그리움이 익숙해

외로움이 되더라

그립다

니 포근함

기다릴게

기다리지 마

하루에도 수백 번

이 생각만 해

나는 너만

사랑한 것 같은데

언제 이별이 왔지

아직도 니 생각하는 거 보면

내가 진짜

널 많이 사랑했나 보다

난 지금

사랑이 그리운 걸까

니가 그리운 걸까

난

천천히 잊을래

행복한 기억들이

아까워서

날 보고 웃어줬으면

날 보고 불러줬으면

처음 그때처럼

내 사랑이

아깝진 않아

아쉽긴 하지

비 온다

왜 니 생각이 나지?

너 항상 투정부렸는데

나 보고 싶다고

널 많이 원망했어

널 많이 원했거든

널 볼 수 있지만

만질 수가 없더라

어디에 있을까

누구랑 있을까

뭐하고 있을까

널 지우고 버려도

늘 그대로

니가 멀어져 갈수록

그리움이 가까워진다

니가 서 있던 자리

니가 앉았던 자리

나랑 서 있던 자리

나랑 앉았던 자리

아무도 없는 자리

니가 없는데

내가 잘 지내겠니

니 사진 보는 중

잠이 안 와서

아니

니가 보고 싶어서

니 얼굴도

이 하늘도

어쩜 이러니

뒤돌아서 가버리는

니 뒷모습 보지 말라고

눈물이 가려 주더라

만나고 싶지는 않아

그런데 보고는 싶어

미운데

싫은데

힘든데

마음은

계속 널 찾아

미워해 보고

미워해 보고

미워해 봐도

내가 미안해

바람만 불어도

니가 오는 것만 같아

세상에서

가장 행복했던 우리가

한순간이더라

알람 소리 말고

니 목소리 들으면서

일어나고 싶은데

니가 없으니까

어제도 오늘도 똑같더라

내일도 똑같겠지

그저 그런 하루

아무거나

이 한마디에도

다 알아듣던 너

언제부터

달라졌을까

우리가

여기 진짜

너랑 오고 싶었는데

나 혼자만 왔네

처음 손을 잡았을 때

절대 놓지 않을 것만 같았는데

아무도 없다

니가 없으니까

아프면 아파해
슬프면 슬픈 대로
눈물 나면 울어
누가 대신 해주지 않아

결국 내가 해야 할 일들이야

이별 셋

“

니가 그리운데

”

나 오늘 생일인데

니가 없는 내 생일

웃기다

다른 사람을

다른 사람을

기다리는 우리가

오늘도 생각나

오늘 또 생각나

그냥 맨날 생각나

나랑 평생 같이 가기로 했잖아

널 닮은 사람만 보여

진짜

딱 한 번만

보고 싶다

니 옆에 내가

내 옆에 니가

당연히 있었는데

왜 기다리냐고?

그러게

근데 기다려지네

내겐 그리움도

희망의 끈이야

다시 너와의 사랑

새로운 사람과의 사랑

결국 또 사랑이네

길 가다 멈췄어

넌 줄 알고

다시 사랑을 할 수 있을까

또다시 사랑을 해야 하나

아직도 이렇게 아픈데

사랑이 다시 와줄까

너 없는

너 아닌

다른 사랑이

날씨 좋다

너랑 손 잡고 걷기에

그날 우리가

우연히 만난 줄 알지?

너 모르게

수백 번 연습해서

우리가 만난 거였어

그래도

좋은 말

만약에

아침이 왔네

너도 같이 오면 좋겠다

나 진짜

잘할 수 있는데

다시

니 이름만 들어도

마음이 흔들려

'다시 돌아와 준다면'

바보 같은 생각일까?

다시 사랑하고 싶어

다시 사랑받고 싶어

시간을 돌릴 수 있다면

널 만나기 전으로

다시 돌아가고 싶어

"미안, 잘못 눌렀다. 잘 지내."

'아직 내 번호 안 지웠나 보네.'

시간이 지나면

돌아봐 줄까?

돌아와 줄까?

아직 해주지 못한 일

아직 전하지 못한 말

많이 남았는데

그래도

내 생각은 하겠지?

오늘도 아픈데

널 가슴에 담아

"오랜만이야."

널 보면 말할 수 있을까?

왜 내 마음인데

니 생각만 나지?

세상에서 제일 어려운 일

다시

미련인 건지

버릇인 건지

또 와버렸네

너희 집 앞에

이제 그만

제 자리로 돌아와 줄래?

그 사람 기다리지 말고

그동안 많이 아파했잖아

아직도 내 마음은

너한테만

잊는다는 게 뭘까?

그래서 내가 널 못잊나 봐

하루 종일 미워했는데

그래도 너뿐이네

떠나버린

니가 힘들까?

남아 있는

내가 힘들까?

평생 너에게

그리움이 되고 싶다

지금 나처럼

이별 넷

“

정말 괜찮아질까

”

헤어진 거야

버려진 게 아니라

간절하면 뭐하니

돌아서면 끝인데

그리워하지 말자

그리움도 결국

니 생각하는 거잖아

나는 사랑이라 생각했는데

너는 집착이라 생각하다니

나 없는 행복을 꿈꾸는 너

너 없는 행복을 포기한 나

나에게 찾아 온 뜻밖의 일

널 만난 일

널 보낸 일

너도 나도

같이 울었는데

눈물의 의미는 달랐나 봐

너만 보면 웃음이 나왔는데

너만 보면 웃음이 사라진다

너 때문에 살았는데

너 때문에 못 살겠어

눈물에

마음을 담아도

아무 소용 없더라

왜 수백 번 수천 번 잘해도

딱 한 번 실수에 끝나지

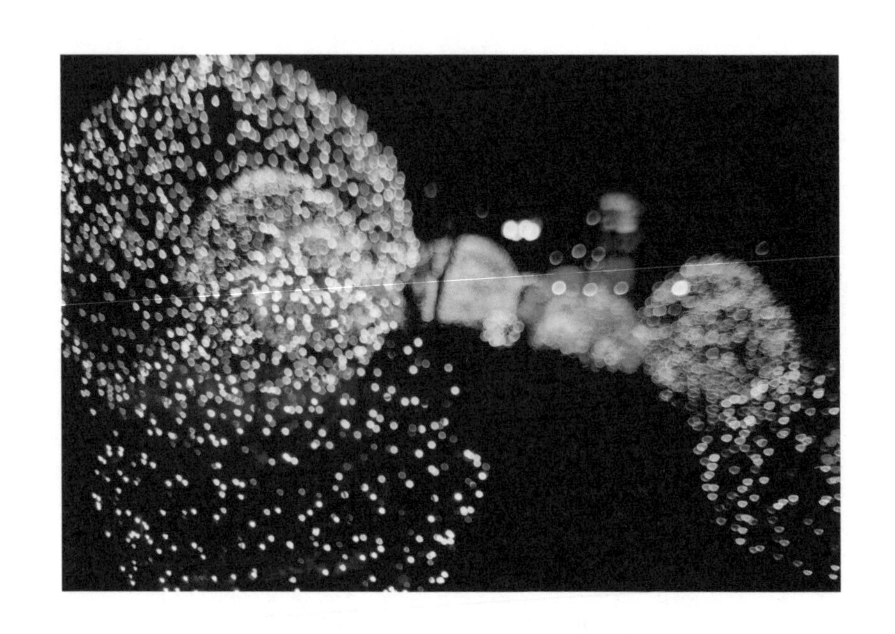

니가 무슨 상관이야

내가 알아서 한다고

그게 이거야?

니가 원하는 일이라면

무슨 일이든 했어

마지막

그 말만 빼고

다 지난 일이야

기다리지 마

독해지자

독해질 거야

널 봐도

괜찮을 만큼

분명 우리 둘인데

언제부터

나 혼자 좋아하고 연락하는

그런 짝사랑 같더라

사랑은 어렵던데

이별은 왜 이렇게 쉬운 거야

반복하기
싫은 이별

무슨 노래들이

전부

사랑 아니면 이별이야

사람은

또 다른 이별을

기다리고 있을까

이제 혼자인 토요일도

익숙해진다

사랑을

이제야 알 것 같았는데

이별을

먼저 알아버렸어

모른 척 기다렸는데

안 오더라

생각해보니까

나만 행복했던 것 같아

서로 행복했다면

니가 지금도 내 옆에 있겠지

식은 게 아니라

변한 거겠지

니 마음이

그때 내가 널 붙잡았다면

그때 우리 다시 만났다면

솔직히 난 자신 없어

힘들겠지만 잊어야지

약속해

난 절대 변하지 않아

니가 변할 줄 알았으면

그런 약속 안 했을 거야

우리 정말 사랑한 걸까?

의심하는 내가 싫지만

우리

차라리

잘 된 걸까?

이별의 시선

이별의 행동

왜 난 몰랐을까

이제 와서

사랑한다는 말이

무슨 소용이야

우리 헤어지던 그날

죽을 것만 같던 내가

밥도 먹고 커피도 마시는 걸 보니

괜찮아지긴 하나 보다

조금만 바뀌어도 다 알아보더니

언제부턴지 못 알아보더라

아니

관심이 없던 거겠지

항상 괜찮다고 했잖아

싫으면 싫다고 말하지

그렇다고

이렇게 가버리니

"미안해." 하고

돌아오면 좋겠다

아니

그냥 돌아와도 좋겠다

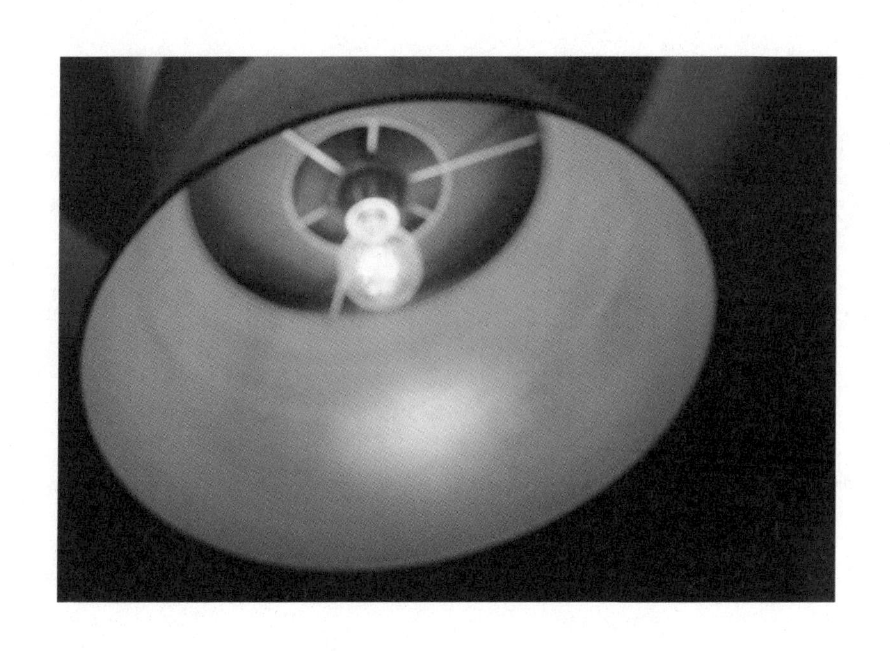

행복했던 추억 하나 남았으니

그걸로 괜찮아

잘 지내

니가 없는 나는 괜찮아

내가 없는 니가 걱정돼

니가 내 전부였듯이

나도 니 전부였을까

힘들텐데

고생했어

오늘 하루